何貞儀

目錄

推薦序一

李健誠

如果每個人創作都有自己的原因，那何貞儀寫詩的目的大概是為了抒發自己內心最深沉的痛、說出平常無法說出口的話。

還記得在國中的時候，剛開始認識何貞儀，是因為跟她參加了同一個課後班，那時候的她是個活潑開朗的國中女孩，大喇喇的個性在學校裡成為風雲人物，只要朋友有什麼困難，她一定第一個挺身而出，甚至有時跟老師有爭執時，她總是大聲的表達自己的意見。還記得有一次她對校規有意見，她直接去找校長溝通，最後竟然說服了校長，也因為她這樣直白的個性，讓我在課堂上及下課時，總是喜歡跟她講幾句垃圾話，所以也跟她越來越熟。讓我印象深刻的是有一年暑假輔導課時，我意外發現她家有很多漫畫書，所以我就拜託她每天帶幾本來借我，我回家看完隔天再還她，於是我就這樣持續看了幾乎整個暑假的漫畫，讓我在煩悶的暑輔每天都有去學校的動力。

後來我才發現她文章寫的特別好，國中的時候就投稿很多文學獎，也得到了很多獎項，我看了她一篇放在我們校刊上的作品後，馬上變成她的粉絲，上高中之後，因為她搬家的關係，所以變得比較少聯絡，但是她有新作品時，還是會跟我分享。沒想到上大學後，她竟然出書了，當我知道這個消息後，我還很驕傲地跟家人朋友們炫耀，告訴他們我有一個作家朋友，這本詩集已經是何貞儀的第三本作品了，我之前常常開玩笑的問她如果她之後再出書，我能不能幫她寫序，沒想到她竟然答應了，這次能夠幫她的詩集寫序，對我來說是莫大的榮幸。

在一次新書發表會中，何貞儀說：「低落的情緒給我源源不絕的創作靈感，快樂的生活反而讓我沒辦法寫出好的作品。」我知道上高中後，可能因為種種因素讓她不再像國中一樣的快樂，總是看到她在網路上抒發情緒，但是我都不大敢多問什麼，頂多簡單的問候幾句：「妳還好嗎？」彷彿跟她的距離變得非常遙遠，感覺快忘了國中時跟她嬉鬧的樣子，但是當我讀她的詩集，才發現她其實還是那個原本的她，只是在這複雜的世界裡，她把自己隱藏了起來，只在詩中呈現。

如果說她的悲傷能夠讓她寫出好的作品，那我希望她只把悲傷留在作品裡，回到當初那單純又快樂的時光。

推薦序二——詹詠安

大家好，我是荷爾蒙少年的主唱詠安。

這次受到這個邀請其實很害怕，我一直覺得自己的文筆很差，對文字的敏銳度也遠遠不及音樂，很感謝貞儀願意相信我這個死大學生。

這算是我第二次看詩集；高中的班導師是一個我討厭、也討厭我的人，他也出過一本詩集（並強迫他的學生要買）說實在我那次看完後，完全看不懂他在說什麼……但這次經驗就完全不同了，我在這兩週無聊的上課時間一遍遍的看著這些詩，它們並沒有過度華麗的辭藻，而且我相信這些詩若是被我高中班導師那種人聽到，他必定要數落一番，什麼哪裡不符合什麼原則啊之類的——就跟我的音樂一樣；我一直相信藝術表現最重要的事情是「真實」，不管音樂，影像或文字；而貞儀這些詩很直白的反映了作者的痛苦，很大一部分是我們這個年齡層會感覺到：「啊！我也是這樣！」的那種。

邀請大家看看這本新銳作家的詩集（雖然她好像已經出第二本了，好厲害），試著聽聽看這個世界之於九〇末的小孩是什麼模樣。

推薦序三

「脫序」的另一面

羅一凡

第一次見到何貞儀，是在去年夏天，八月底。她作為台灣方的一員，來到長沙參加一年一度的兩岸青年文學營活動。在大家第一次準備集體外出參觀的時候，我因為各種機緣巧合晚上了大巴車，導致室友和別人坐在了一起、自己落了單。環顧一週，發現只有靠後門的一個位子還空著，而那個位子旁邊，還坐著一個小小的女生，一臉憂鬱地看向窗外，

她的眼睛在刺眼的陽光下瞇成了一條縫，讓人看不透那對明眸的深淵裡究竟隱藏著怎樣的奧秘——她，就是何貞儀。

何貞儀不太愛說話，這是她留給大家的第一印象。不巧的是，我平時喜歡交流，而且為了避免一路上無語的尷尬，我開始主動找她聊天。我們有一句沒一句地

聊著兩岸的工作、學習、環境甚至政治，直到聊到我最熟悉的電影方面時，她才終於打開了話匣子，主動向我問出了第一個問題：「你看過×××的電影嗎？」

從那以後，我們每次外出活動都坐在一起，聊得也越來越開。在這個過程中，我漸漸發現何貞儀那鮮為人知的另一面，一個與她平時示人的完全相反的另一面。這一面中的她快樂、大方，但同時又敏感、體貼，這也是為什麼在我們閱讀她的文字時，我們既能有感於她的憂鬱之痛，也會對其中時時顯露出的細膩情感報以讚歎。

在那次活動結束後，我們一直保持著聯繫。聽聞她又出了新詩集，由衷地為她感到高興，也謝謝她邀請我為其寫一篇序。「脫序」什麼的就交給詩吧！願每一位讀過它的人都忘掉煩惱，盡情快樂。

第一章
觸發

生難字

我想告訴你
什麼樣的字是簡單的

快樂不是簡單的字
太複雜了
對我而言傷心
才是簡單的字

你陪在我身邊那麼久了
明白吃藥是簡單的字
康復不是
落淚是簡單的字

微笑不是
好起來是陌生的字
而且很難
你花了那麼多錢
時間
還有心思
教我識字
你想簡化快樂
想教我快樂
我開口卻還是
抱歉

日常

把日子過長
從多夢中醒來
逼自己好好洗漱
出門曬曬太陽
努力不再悲傷
放下過往
幻想又是更好的日子

把日子過長
的部分
用藥物

剪去
留更多的時間在夢境奔跑
不願醒來
面對明日
是我的日常

你的心太灰色了

你忘記快樂的模樣
其實和你平常的笑不一樣
不是每個人都擅長偽裝
擅長像你一樣
忘記哀嚎雖然不會停下疼痛
卻會得到安慰

你想起微笑的樣子
努力地　和其他人一樣活著
藏起自己的傷口　回答每一句
你還好嗎

你不知道什麼是好　或不好
眼淚落下來是好的嗎
多吃幾顆藥會變好嗎
當有人說你的心太灰色了
卻沒看見你將其以努力
從黑色漂白

我必須離開了

請原諒我接不住你的傷悲
那些情緒太多
都會將我拉進黑洞
當你說你喜歡我的時候
像是我的黑暗中出現了燈塔

但你卻說你的燈塔早已壞了
有時候
我還是在一片漆黑中航行
尋找你的岸
卻不停觸礁

燈亮起來的時候總是
你迫切需要我的時刻

請原諒我必須離開了
在你的航道
我不停迷航
我並不是一名好的水手
請原諒我終究
是想成為誰的岸
而非一艘承載悲傷的船

病

我突然睡不著在愛人無法停止咳嗽的夜晚
那是他弟弟從軍營帶回來的病毒吧
我們如此猜測
並不是喝了伏冒熱飲一切就會好轉
就像我的病無論看了幾年還是不停加藥
但會好起來的喔我說
不過是小感冒而已
你只是小感冒而已
額頭還會發燙
吃了藥還知道如何流淚

時序該是入冬

每個人都著上夏衣
陽光裡塵埃飛揚
他們說
這不正常

但仍有紅葉落下
時序該是入冬了
未見風吹草動
或旅人拉緊大衣的領口
該不該稱作冬陽？
樹的影子長長地拉在柏油路

冬天忘了這裡
即使時間已到
他仍慢悠悠收拾行囊
緩緩踏過東北季風

我把春天交出去

是什麼領著東風來了
土壤裡微小的聲音
是什麼開始甦醒
在我仍舊想長眠之際

春天來了來了
花都開好了
只剩我還是不能好好的
我把春天交出去
想再換回長長的冬季
再拿一個理由說服自己能夠長眠

我知道他們說天氣轉暖代表一切都會變好
直到春陽曬在我蒼白的臉上
才發現自己已經不能再曝光
還是適合埋在土裡
或許再給自己一點時間
或許五年
在夏天來臨之際破土

我開始期待夏天
就像冬天的我期待春天
期待一切都會變好

正因為滂沱大雨才說愛你

我想我已經習慣所有壞天氣
無論是暴風雨或微陰
只要是你帶來的我皆能收下
我不需要你天氣晴朗時再說愛你
只要你在
安不安好是不是晴天
我其實也不在乎了
只要記得
我會為你放晴

再陌生一次好嗎

我會忘記
當我們躺在結冰的湖上看星星
忘記妳不斷變換的髮色
忘記在列車上對話
忘記妳和別的男人的吻
用忘記的方法忘記

不再想起是怎麼相遇
即使是推著巨石上山那樣徒勞
相愛的模樣
像空蕩無人居住的房

我們闖入
試圖在黑暗中摸索彼此的輪廓

再陌生一次好嗎
若無其事地問起對方的名字
再相愛一次
直到不再忘記好嗎

再次醒來我希望是春天

其實早已不在乎回診的日期
還有剩下的藥量
只是隨意地　隨意地
一次一次　增加吞下的數目
發現吞多了　夢也會一起被吞噬
即使醒來　冬天還是在窗外
不如沉沉睡去吧
下次醒來
希望早已是春天了

你走進風裡

我成為樹
有時候你吹過
掉下幾片葉子
像哭泣
陽光灑落在樹葉之間
那些金閃的光
多希望你能看見
你總是往氣壓低的地方走
於是我們才能相遇
最後你輕輕吹過
我已是高氣壓

我知道春天就要來臨　來臨之後你不會來探望我

像期待那些花開的日子
你背著滿山滿谷的野花回來
期待你迎著東風的臉
笑著說我回來了

我仍在這裡窩藏一粒種子
像保守整個世界的秘密
遲遲不肯種下
只因我怕你來不及看見
那句話開花的樣子

我知道春天就要來臨
來臨之後你不會來探望我

或許有一天

或許有一天
你再也不會因為天氣轉冷而感到傷悲
以童話代替安眠藥伴你入眠
隨意和快樂相撞
不懂任意留下的眼淚
可以看著過去
說：原來我曾是那個樣子
但不用回去

或許有一天
你可以拼湊自己碎掉的快樂心

蒐集所有淚水許願
明白自己每個微笑都是真心
擁抱所有傷口
撫摸過去的痂
坦然地說：我很好

或許有一天，如果
是今天就好

雨季

張開手
才明白落下來的只會有雨
／
哭泣時才知道
下雨前為什麼總是
悶悶的
／
雨水會洗去塵埃
但眼淚帶不走傷痛
／
雨這麼大

撐傘有什麼用
愛一個人
沒能替他撐傘
又有什麼用

這樣的日子

有時候電燈一閃
我會想起看到你
心跳漏一拍的日子

別叫外送
但要是你餓
我也願意出門的日子

新聞裡浪湧起來
如果你看見了
那是我為你哭泣的日子

雨敲著窗戶
進不來
像我扣著你心門的日子
只要你在
我心底日日是颱風的日子

致四月一日

我過得很好
還能微笑
沒有失眠
也不用再吃藥
睡前不會打給誰
或哭濕枕頭

遇見每個人
不會再盯著他們的眼角
期待笑起來的弧度
和你一樣

你還好嗎
我過得很好
終於能深呼吸
告訴自己或任何人
我不愛你了

蝕

雲是棉花糖
被風撕裂
星是金平糖
被月咬碎
我是玻璃糖
吃不得
你便摔破

於是我穿越宇宙學會愛你

即使沒有介質傳遞
我愛你的聲音
讓我
在無重力的空間裡追尋你
像星球　尋找公轉的意義

在黑暗的宇宙裡
你的回應是極遠的星光
必須耐心等待

才能看見並且　被灼傷雙眼

讓眼淚拖著塵埃劃破你廣闊星空
如果有天我在宇宙的一角死去
請記得我是如何
藏起自己的黑洞學著愛你

寫在一千五百顆藥以後

請不要問我
你現在快樂嗎
一直得到否定的答案
你也不好受吧

請不要告訴我
活著有多美好
對我而言
隨時都可以死掉

請不要好奇

我正在想什麼
逼得我回答
一百種華麗的自殺方法

請不要說
加油

比起加油
更多時候我在心裡已淋上幾千桶
就等著點火

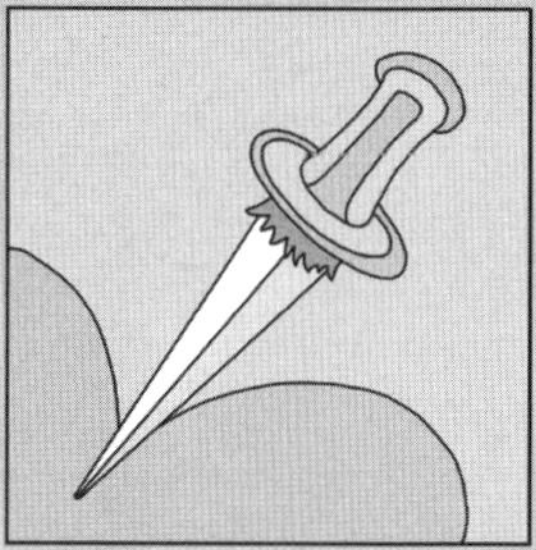

第二章
衝突

你可以繼續沉沒，沒有關係

我不會伸手拉你
你可以繼續沉沒在
你製造出來的海裡
憂愁或躁動都沒有關係
即使你的鼻腔開始冒出白色泡泡
像快溺斃
我也不會伸手拉你
人總是要死在自己的情緒裡幾回
下次才知道怎麼活著應對

我在有妳的地方停下來了

我不會再回頭或是
前進

在有妳的地方我停下來了
除了心臟
我不知道該怎麼阻止它這樣跳動
讓妳聽見一切
關於
我不想說的事情

我想逃離的

但仍舊在有妳的地方遠遠地停下來了
看見妳好好的
低頭發現原來自己還有眼淚

我想說的事情是

如果有天不再錯過
那我會不會比較好過
在一切都熄滅以前
能不能再一次
在微光中看見妳的眼睛
我想說的事情是
是不是先放棄就不必害怕失去
我說過我會等妳
但當命運的列車啟動
為了救妳
在電車難題裡我願意死去

我想說的事情是
我愛妳

不說我愛你

那聽起來太沉重
又猖狂
在我們尚未得知愛的模樣
將所有情感壓縮時
我會在你耳邊輕輕地
說
親愛的
其實最後
愛與毀滅都一樣

世界很大，我想走出你

我想忘記
所有該忘記的事情
忘記你掌心的溫度
你的懷裡的香氣
你的吻
用所有方式忘記

不再打撈零碎的記憶
拼湊出一個美好的你
說服自己還愛著
世界很大

斑馬線出版社
Zebra crossing Publishing

（寄件人）郵遞區號

地址

姓名

（郵資符誌剪下失效）

（收件人）郵遞區號

地址

姓名

我想我不要再被困在
沒有你的世界裡

少女

他們說他們已不會在這
當我們在那些緊湊試題中的小小縫隙坐在這看鴿子搶食
妳知道嗎鴿子會吃下石頭來磨碎胃裡的食物
就像我也會吞下一些難以啟齒的話來攪爛心中的情緒妳知道嗎
我們坐在228公園背著單字倒數著日子
沒下雨的時候一切都好只要妳在其實
一切都好
松鼠和鴿子對我而言都是一樣的過客
都是一樣
讓我和妳說妳知道嗎的過客
牠們是公園裡一道一道試題

考驗我有多能向妳說多少事情
妳知道嗎，我說
他們說他們已不會在這卿卿我我
他們已經走上街頭
他們可能就在旁邊
就像我在妳身邊

因為地球自轉所以我們憂愁

你還好嗎
在天氣轉涼的時候
日照時數變短了
躺在漆黑房裡的床
時間也走慢了

藥總在這個時節加重
但不是你的錯啊
有時候我們懷疑他們
為什麼能笑得像太陽

好像有重重烏雲拉住嘴角
別說笑了
明明一句還好都說不出口

迷

你在黑暗裡走了好久
被石子割破的腳掌還疼嗎
或是你已經感受不到疼痛了
你走了好久
卻無法拯救自己
或許該停下
但回頭仍是一片漆黑
他們訕笑路
就是一條直直的
但卻不知道看不見的路
是怎樣曲折黑暗

你像盲了一般
找不到出口
或光

夢境

夢醒後為之顫抖
失去了一直以來很看重的東西
但失去後卻又不在乎了
像是伊卡洛斯失速的墜落

得到了一個短暫的支撐但知道自己有多殘忍任由夸父無止盡地追
最後死亡。
在那之後想要結束一切卻又賴了床持續到現在
對不起。

像是鬼壓床一般去纏著誰拉進我的夢裡一起奔跑

遇見了誰甚至鬼遮眼一般想著如果是這個人應該可以說吧那些我骯髒的秘密然後立刻被自己封了口

膽小到做不出選擇只是不斷傷害自己。

再跟誰求助

是我任性的夢境

而誰為之顫抖

昨日仍是戀人

是穿著白紗坐上不知目的地的巴士
用空洞的眼神看向前方不知道
該往哪裡去

是該畢業了從一段戀情之中
練習好好說再見

是日子拾走了容忍
時間消磨了期待

昨日仍是戀人

學著怎麼寫情詩即使得不到回音
如何擺放手機獲得最好的視訊角度

曾是戀人
曾佔了那麼大一部分
卻無法再次陌生

關於你掌心的溫度
忘記是鬆開手的前兆

昨日仍是戀人
或早已不是
撐著最後一口吐息
只是不想比對方早說一句
再見

菸癮困你一生

如果只是菸癮就好了
吐納之間一生過去
燒到指間才回頭嘆息
所有菸灰都成回憶
隨風飄散

困我一生的唯有菸癮就好了
等到火熄了就能去月球
即使是沒有菸抽的日子也甘之如飴
如果菸癮能解決就好了

焦油累積在肺裡知道自己會走就夠了
大口吸菸的時候再絕望也好
他人的二手菸我也能習慣的

菸癮困你一生
菸盒上說，
按下打火機的時候淺淺地笑了

致前男友

抱歉
後來我社群網站上寫的你
從來不是你

抱歉
我有更該披星戴月去愛的人了
不會再困進
你給的傷痕裡頭

抱歉
愛你的時候寫了那麼多

現在
連再一個字我都還痛

抱歉
封鎖了你的所有

我想
如果你看見了我的生活
與其視若無睹
還不如不知不覺

長夢

我在夢裡睡了太久
走了好長的路
試著聽電影的話
不要製造自己沒看過的空間
卻一次又一次被惡夢攫住
即使停止做夢
卻又淚濕了枕頭
聽著床邊的鬧鈴聲才真正醒來
很多時候還是希望自己一覺不醒
繼續走著長長的路

好像永遠不知道盡頭
不知道何時才會醒來
於是突然對生命有了期待
在下一次吃藥過後
我能走到你的夢裡嗎

要走多久才能到
想必你的夢是一切美好
不過遇見末日的話我也能好好保護你畢竟
我已在我的夢裡練習了好多次
怎麼在追殺下奔跑
在把眼睛裝上手掌的怪物凝視下
不感到害怕
怎麼應對殭屍

但如果我真的不幸被那些黑暗擊墜
請不要救我
你只需要醒來就夠了
而我不是

請教我快樂的方法

我試著拉起嘴角
聆聽那些我並不感興趣的笑話
試著做「自己喜歡的事」
卻發現我好像只會悲傷而已
試著跟其他人說話
但只能聽見「你還好嗎」
請教我快樂的方法
即使我還是個不夠好的學生

可能要先將我的快樂心修好
我才能真正學會如何快樂

長島冰茶

把所有酒混在一起
卻出現茶的顏色

把所有快樂的回憶溶在一起
出現的是痛的顏色

第三章 和解

有時候

有時候我不說話
安安靜靜地任由你問
怎麼了

有時候我什麼都說不要
讓你焦急
像熱鍋上的螞蟻

有時候我只讓你等待
毫無意義

不過是想讓你知道
平時我是怎麼與你過活的

Dear god

我總是睡不好或睡不著
我在無限的夢境尋找一個溫暖的懷抱
這樣對你來說是不是很愚蠢
有時候我朝自己的腦門舉起槍
卻又輕易放下
在看得見一切的你眼前
我不過是個沒有用的人吧
我想寫信給你
在每個藥物起不來作用的時刻
即使你永遠不會回信
甚至不存在

我只是想寫封信
不問回應

我願意

我願意斷掉一切與其他人的連結
和你私奔來場大冒險
只因為你說走就走

我願意放棄所有物質上的滿足
只要你牽著我的手
吃些不像食物的食物　過著貧瘠的生活
只要你

我願意過著並非我原先規畫好的人生
和你無預警的面對下一個難題

或下一次幸運
只等你說一句我渴望已久的話
我願意不再當等待的狐狸
即使你的髮比麥田還令人過目不忘
就連玫瑰　我也不肯當
我願意只成為你的人

直到有一天我們不再談論起愛的模樣

像盲人摸象、管中窺豹、坐井觀天
始終不明白愛的模樣
也許是當你迷航時我成為你的岸
或者是當我墜落時你接住了我
我們不再談論起愛的模樣
都是一座座孤島
不會是誰的岸
全都把手插進口袋
因為害怕接觸任何傷害
接不住誰
再也不把心掏出來交給誰

而是好好塞進胸膛
以肋骨保護
我們不再談論
不該談論的那樣
天真如我
我還有感情沒有述說
我愛你

纖細敏感是一種病

或許有時候該不去理會
那些不夠愛你的聲音
該裝作大器
去掩蓋一顆受傷的心
該學會大笑
像是從未受傷過那樣笑
該有點粗神經
因為纖細敏感
從來都是一種病

差不多

是差不多的吧
當你剛睡醒
而我失眠整夜
一樣都醒著的人
我不敢說我們
是差不多的吧

我想這樣死掉就好

我想這樣死掉就好
當愛成為荊棘
纏繞
刺破皮膚直扎心房
這樣死掉就好

如果活著注定是一種找尋生存意義的傷痛
那我想這樣死掉就好
當發現自己一無是處之時
像泡泡一樣漂浮最後破滅就好

如果我是這世界上最後一個坐在房裡的人
敲門聲響起我也不會移動
請讓我這樣就好
這樣靜靜地死掉就好

時碎

時光破碎
玻璃般割傷指尖
鮮血沿著指縫流動
又是新的一天
必然從疼痛開始

包紮傷口是為了避免感染
而不是讓自己好過一些
不會再像小時候大聲哀嚎
而是安安靜靜感受
一天的過去

血或流或停

睡前傷口癒合
等到明天
鬧鐘將早晨再次摔破
仍然得空手拾起
時光的碎片

停

在最後一刻喊停
就不會變得更糟
雖然有點可惜
我們不會更好

一起停下好嗎
抓住失控的情慾
捧好彼此的心
先別急著交換好嗎
等到阿努比斯說
它們是一樣重的

我們再填補彼此的殘　好嗎

先停在這裡好嗎

我是說我

停在這裡保守一個秘密

我怕在你心裡我比羽毛還輕

被吃掉後　你就會知道

我愛你

我愛你

我愛你

無關對錯

並不是你的錯
無法在我失控之時拉住我
在那些對自己吼叫摔爛一切之時拯救我
我知道並不是你的錯

有時候我恨自己
有時候我試圖在你面前微笑但那些都是落入深海的夢境我知道
我做不到

並不是你的錯
我痛恨每個日出

相信神在我床邊安好砲台
擊毀我的每一天
在我可悲到無法面對現實之時
伸手或不伸手
都不是你的錯

我多希望能被拯救
即使我是那樣痛恨神明
在每個晚上吞藥的時刻
我祈禱明日一切都會變好
或是不要給我明日

並不是你的錯
面對我
像頭獸的我

什麼也做不到
沒關係
真的沒關係啦

獸

我的愛人是頭獸
在無人之時哀嚎大哭
不願解釋也無從解釋
我只能順著她的毛髮安撫她
告訴她：不是妳的錯

就像她平常也這麼對我說
不是你的錯
在失控之時無法緊緊擁抱她使她
像個人一般
不是我的錯

我的愛人成了獸
她的情緒無法被馴服
敏感的她在草原時而開心奔跑
時而匍匐前進
我緊緊看著她深怕任何一絲傷害降臨
即使這是徒勞無功的事
在她受了傷後我仍無法做出些什麼

她是頭獸
待她成人之時
又會告訴我：不是你的錯

像是咒語一般反覆在我的腦海之中
我明白我的愛人成了獸
她盡一切所能只為了拋棄

成獸的時刻
只為了更像所謂的人

說謊

我開始說服自己並不愛你
在發票堆裡尋找和你一起共度的時光
然後一張一張拉平　對摺
再丟掉
但那些紙張都太薄太少了
才一下子
我們就像陌生人了
我翻出那些我珍藏的車票
有著我握皺的痕跡
還有一些乘車證明

證明我總是不顧一切去找你
卻證明不了我究竟愛不愛你

我又看了一次重慶森林
想要開始每天吃一塊鬆餅
因為每次去看你　我們總是吃鬆餅
吃到你生日那天為止
好像完成一個儀式
就能放下一切一樣

我還是刪不了照片
還有對話紀錄
雖然我明白
失去才代表曾經擁有

後記

不知從何聽來，我們的人生一直是場演出，那患上憂鬱症的我必定是脫序的，我懷疑在吃了藥物之後連劇本我都讀不懂。

我的人生或許該是這樣的：好好念書，好好生活，好好活著，但不知道哪裡出了差錯，一切都脫序了，開始吃藥，看諮商，為了讓自己努力走回正常了的軌道，但說真的，好累呀。

這本詩集皆是在我開始脫序的路上創作的，我還記得偷抽菸偷喝酒的自己，還記得在生命的夾縫中求生存的自己，有時候我胡言亂語像現在這樣，眼淚掉下的溫度，我都還記得，關於撕爛劇本的痛，我都還記得。

或許很多年後我能走上正常的軌道，但我也不是那麼確定，希望回頭看這場脫序演出時，能是笑著的。

國家圖書館出版品預行編目（CIP）資料

脫序演出 / 何貞儀著 . -- 初版 . -- 新北市 : 斑馬線，
2019.06
面；　公分

ISBN 978-986-97308-8-4（平裝）

863.51　　　108008375

脫序演出

作　　者：何貞儀
主　　編：施榮華
封面繪圖：低級失誤

發 行 人：張仰賢
社　　長：許　赫
總　　監：林群盛
主　　編：施榮華
出 版 者：斑馬線文庫有限公司
法律顧問：林仟雯律師

斑馬線文庫
通訊地址：235 新北市中和區景平路 101 號 2 樓
連絡電話：0922542983

製版印刷：龍虎電腦排版股份有限公司
出版日期：2019 年 6 月
ISBN：978-986-97308-8-4
定　　價：280 元